Au moment de l'**heure des histoires**, tandis que l'un regarde les images et l'autre lit le texte, une relation s'enrichit, une personnalité se construit, naturellement, durablement.

Pourquoi ? Parce que la lecture partagée est une expérience irremplaçable, un vrai point de rencontre. Parce qu'elle développe chez nos enfants la capacité à être attentif, à écouter, à regarder, à s'exprimer. Elle élargit leur horizon et accroît leur chance de devenir de bons lecteurs.

Quand ? Tous les jours, le soir, avant de s'endormir, mais aussi à l'heure de la sieste, pendant les voyages, trajets, attentes… La lecture partagée permet de retrouver calme et bonne humeur.

Où ? Là où l'on se sent bien, confortablement installé, écrans éteints… Dans un espace affectif de confiance et en s'assurant, bien sûr, que l'enfant voit parfaitement les illustrations.

Comment ? Avec enthousiasme, sans réticence à lire « encore une fois » un livre favori, en suscitant l'attention de l'enfant par le respect du rythme, des temps forts, de l'intonation.

À toute l'école élémentaire Hillhead, à Wick

J. D.

TRADUCTION DE VANESSA RUBIO-BARREAU

ISBN : 978-2-07-507788-0
Titre original : *The Snail and the Whale*
Publié pour la première fois en 2004 par Macmillan Children's Books
une division de Macmillan Publishers International Limited, Londres

Numéro d'édition : 332296
Loi n°49-956 du 16 juillet 1949 sur les publications destinées à la jeunesse
Premier dépôt légal : février 2017
Dépôt légal : janvier 2018
Imprimé en France par I.M.E.
Maquette intérieure : Karine Benoit

Julia Donaldson - Axel Scheffler

La Baleine et l'Escargote

GALLIMARD JEUNESSE

C’est l’histoire d’une toute petite escargote de mer
et d’une immense baleine à bosse gris-bleu.

Voici un rocher noir comme la suie
et voici l’escargote qui voulait voir du pays.

L'escargote de mer rampait sur son rocher
en contemplant les flots et les bateaux à quai.
Et elle regardait et elle gémissait et elle soupirait :
« La mer est profonde et la terre est ronde...
Oh ! j'aimerais tant découvrir le vaste monde ! »

Voici les autres escargots du troupeau
qui se cramponnaient à leur rocher noir
comme la suie
et disaient à l'escargote qui voulait voir du pays :
« Tais-toi donc ! Cesse de gigoter et de tourner
en rond ! »
Mais l'escargote de mer gémissait et soupirait
de plus belle quand, soudain, elle s'écria :
« Je sais ! Je vais faire du stop ! »

Voici la trace que laissa la petite bulote,
une trace argentée en belles lettres rondes :

LA ROSE DE
Emmenez-moi
faire
le tour
du monde

Voici la baleine qui vint une nuit
quand la mer était haute et les étoiles aussi.
Une baleine à bosse, immensément longue,
qui chanta à la petite escargote la douce mélodie
des grottes de corail, des banquises chatoyantes,
des énormes vagues et des étoiles filantes.

Et voici la queue de la baleine gris-bleu.
Elle la sortit des eaux scintillantes d'étoiles
et dit à l'escargote :
«Viens, on met les voiles ! »

Et voici la mer, libre et sauvage,
qui emporta la baleine gris-bleu
avec l'escargote sur la queue
vers les icebergs géants
et les terres lointaines,

aux sables d’or
et aux montagnes de feu.

Voici les vagues qui se cabraient et s'écrasaient,
qui tourbillonnaient et moussaient,
qui aspergeaient et éclaboussaient
la petite escargote de mer sur la queue de la baleine.

Voici les grottes sous-marines, où des poissons
à rayures aux nageoires fines comme des plumes
et des requins pleins de dents au sourire hideux
nageaient autour de la baleine et de l'escargote
sur sa queue.

Voici le ciel si vaste et si haut,
parfois bleu, clair et chaud,

parfois gris, nuageux, orageux,
zébré d'éclairs aveuglants
et si effrayants pour la petite escargote
sur la queue de la baleine.

Et la petite bulote contemplait le ciel, la mer, la terre,
les vagues et les grottes et le sable doré.

Elle contemplait, elle admirait, très impressionnée,
en confiant à la baleine : « Je me sens si petite. »

Mais un jour arriva, où la baleine s'égara…

Voici les hors-bord, qui faisaient la course,
zigzaguant, slalomant, vrombissant,
perturbant la baleine avec leur rugissement
à crever les tympans, l'obligeant à nager
bien trop près du rivage.

Voici la marée qui se retire,

et voilà la baleine, échouée dans la baie.

« Vite ! Ne restons pas là ! À l'eau ! » paniqua l'escargote.
« Je ne peux pas bouger sur le sable !
Je suis trop **lourde** ! » gémit la baleine à bosse.

L'escargote se sentait terriblement petite
et impuissante.
Mais, soudain, elle s'écria : « Je sais ! »
et se mit en chemin.
« Je dois être forte », se dit l'escargote.

Voici la cloche de l'école de la baie
qui dans la cour sonne la fin de la récré.

Voici la maîtresse, la craie à la main,
disant à ses élèves : « Assis ! Silence, tenez-vous bien ! »
Et voici le tableau noir comme la suie.

Et voici l'escargote qui voulait voir du pays.
« Un escargot ! Un escargot sur le tableau ! »
La maîtresse pâlit.
Les enfants s'écrièrent :
« Regardez ! Il laisse une trace. »

Voici la trace laissée par l'escargote,
une trace argentée qui disait :

Voilà les enfants, qui sortent de l'école

et courent chercher les pompiers,

pour creuser un bassin, arroser, asperger,
garder la baleine au frais.

Voici la marée qui remonte dans la baie,

et les habitants qui crient : « Hourra ! »
tandis que la baleine et l'escargote s'éloignent,
saines et sauves, du rivage.

Voici la baleine revenue près du quai,
près du troupeau d'escargots cramponnés au rocher.
Tous s'écrièrent : « Comme le temps a passé ! »
et « Comme tu as changé ! »

Alors la baleine et l'escargote racontèrent
les merveilles du monde,
les grottes de corail et les banquises chatoyantes,
et les énormes vagues et les étoiles filantes,
et comment l'escargote, si petite et si frêle,
grâce à sa trace argentée et ses belles lettres rondes,
sauva la vie de la baleine à bosse.

Alors la baleine tendit la queue
et tous les escargots de mer y montèrent,
à la queue leu leu.

En chantant, ils mirent les voiles
et partirent sur la queue

de l’immense baleine à bosse gris-bleu.